Épaminondas

**Odile Weulersse d'après Sarah Cone Bryant
Illustrations de Kersti Chaplet**

À Melchior, Léopold, Joséphine et Louis.

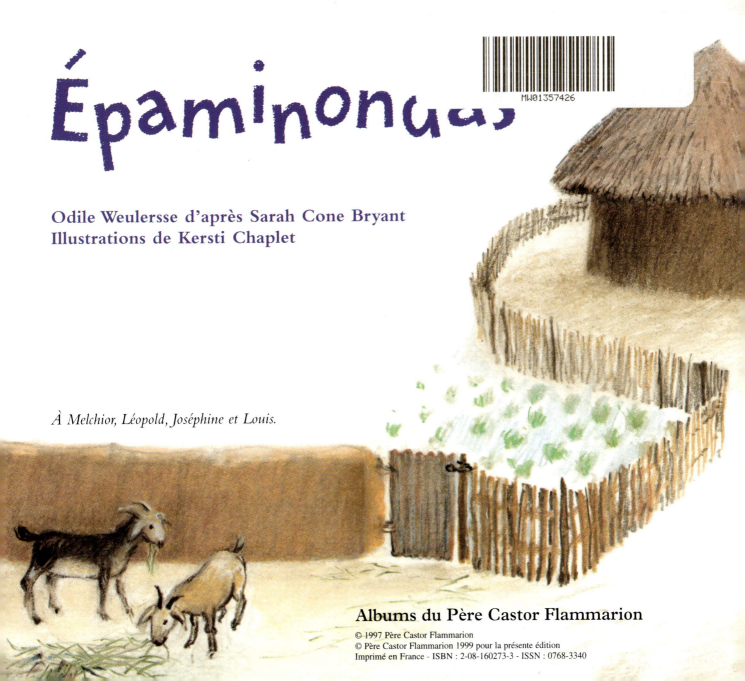

Albums du Père Castor Flammarion

© 1997 Père Castor Flammarion
© Père Castor Flammarion 1999 pour la présente édition
Imprimé en France - ISBN : 2-08-160273-3 - ISSN : 0768-3340

Le premier chant du coq
réveille Épaminondas.
Il s'assied sur sa natte, attache son pagne
et met un chapeau sur sa tête.
Épaminondas pend à son épaule un léger sac
en bandes de coton et ouvre la porte de la hutte
en disant :
– Passe une bonne journée, ma mère.
– Salue ta marraine de ma part
et tire bien les seaux du puits.
– Ne t'inquiète pas, je serai aussi fort
que le général Épaminondas dont tu m'as donné le nom.

Au lever du jour, oiseaux et animaux
reprennent joyeusement leurs conversations
et la brousse se remplit de chants et de cris.
Épaminondas avance pieds nus sur la terre rouge,
à travers les hautes herbes qui fouettent le visage.

À l'heure où le sol commence à brûler la plante des pieds,
il s'arrête à l'ombre d'un grand baobab
qui s'élève près de la première case d'un village.
Là, il prend sa flûte et joue quelques notes.
Sa marraine apparaît sur le seuil de la case.
Sa marraine n'est pas n'importe qui :
elle pèse cent kilos, s'habille avec trois boubous
superposés et porte un turban sur sa tête ronde.

En apercevant le petit garçon,
elle sourit de toutes ses dents,
belles et blanches comme l'ivoire.
– Bonjour, Épaminondas. Tu es le bienvenu.
– Bonjour, Marraine Ba, que la paix soit sur toi !
Je te donne le salut de ma mère.
– Je te remercie
pour tes bonnes paroles
et d'être venu remplir mes jarres.

Épaminondas saisit derrière la case
une grande jarre de terre cuite
et s'achemine vers le puits du village.
Plusieurs femmes font la queue
et Épaminondas attend son tour.
Lorsque sa jarre est pleine,
il la soulève et la pose sur sa tête.
Il revient sept fois,
remplit sept grandes jarres
pour les sept jours de la semaine
et, suant et soufflant,
pénètre dans la case.

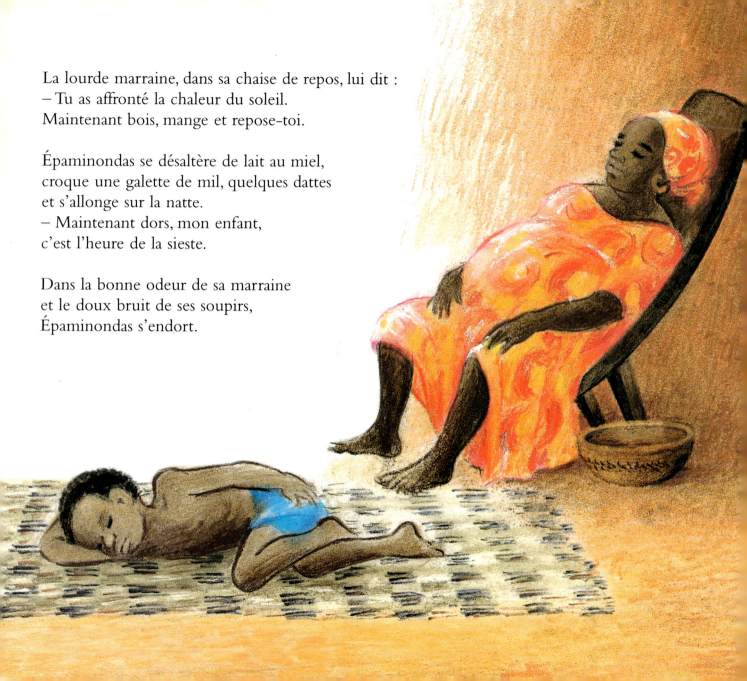

La lourde marraine, dans sa chaise de repos, lui dit :
– Tu as affronté la chaleur du soleil.
Maintenant bois, mange et repose-toi.

Épaminondas se désaltère de lait au miel,
croque une galette de mil, quelques dattes
et s'allonge sur la natte.
– Maintenant dors, mon enfant,
c'est l'heure de la sieste.

Dans la bonne odeur de sa marraine
et le doux bruit de ses soupirs,
Épaminondas s'endort.

Après la sieste, pour le remercier,
Marraine Ba lui donne une friandise appétissante.
— Voilà un morceau de gâteau à la noix de coco
que tu ramèneras dans ta maison.
— Je te dis merci et vais le mettre dans mon sac.
— Ce n'est pas une bonne idée, mon garçon,
il s'abîmera dans ton sac. Il vaut mieux
que tu le tiennes bien serré dans ta main.

En chemin,
Épaminondas suit exactement
les conseils de sa marraine
et serre de toutes ses forces la friandise.
Ses cinq petits doigts
font de grands trous dans le gâteau,
la pâte s'effrite en miettes
qui s'égrènent sur le sol
et la crème de noix de coco
se répand sur sa main
en longues traînées poisseuses.

En le voyant arriver, sa mère pose son pilon,
met ses mains sur les hanches
et écarquille les yeux :
– Épaminondas, que m'apportes-tu là ?
– Un bon gâteau à la noix de coco
que m'a donné ma marraine.
Sa mère hoche la tête :
– Épaminondas, Épaminondas !
Qu'as-tu fait du bon sens
que je t'avais donné à la naissance ?
Pour porter un morceau de gâteau,
tu l'enveloppes dans du papier fin,
le mets dans ton chapeau
et poses le chapeau sur ta tête.
As-tu bien compris ?
– Oui, maman.

La semaine suivante,
Épaminondas retourne chez sa marraine.
Il fait tellement chaud
que les feuilles du baobab
pendent tristement
et que Marraine Ba n'a pas la force
de quitter sa chaise de repos.

Épaminondas entre donc et s'incline :
– Bonjour, Marraine Ba.
– Tu es parti de chez toi
et tu es venu par cette grande chaleur !
Je t'en remercie, car mes jarres sont vides.

Épaminondas part remplir les sept jarres,
puis revient boire du lait au miel
et manger des galettes fourrées de dattes.
– Rends-moi service, mon petit,
demande la marraine.
Évente-moi car il fait si chaud
que je n'arrive pas à m'endormir
pour la sieste.
Épaminondas prend un rond de paille
et l'agite devant le visage parfumé
de sa marraine.
Quand elle sourit de bien-être,
il se couche à son tour sur une natte.

À son réveil, Marraine Ba lui donne
un gros morceau de beurre et lui dit :
– Fais-y bien attention pendant le voyage.
– Ne t'inquiète pas, Marraine Ba,
je suis un garçon très obéissant.

Une fois sorti du village,
Épaminondas prend dans sa sacoche
le papier fin qu'il avait emmené,
dépose le beurre dans le papier,
le papier dans son chapeau
et le chapeau sur sa tête.
Et, comme il fait très, très chaud,
le beurre ramollit et se met à fondre.
Des petits ruisseaux jaunes
dégoulinent sur les cheveux,
sur le front, sur le bout du nez,
et tombent même sur les pieds
d'Épaminondas.

En le voyant arriver,
sa mère pose son fagot de bois,
met ses mains sur les hanches, écarquille les yeux :
– Épaminondas ! Que m'apportes-tu là ?
– Du beurre bien frais que m'a donné Marraine Ba.

– Épaminondas, Épaminondas !
Qu'as-tu fait du bon sens
que je t'avais donné à ta naissance ?
Pour transporter du beurre,
tu dois l'envelopper dans de larges feuilles fraîches
et, le long du chemin,
le tremper souvent dans l'eau d'un puits ou d'une mare.
As-tu bien compris ?
– Oui, maman.

La semaine suivante,
une violente pluie tombe pendant la nuit,
transformant la terre en boue.
Pourtant Épaminondas se dépêche,
pressé de connaître le cadeau que sa marraine lui offrira.
Dès qu'il arrive au pied du grand baobab, il crie :
– Bonjour, Marraine Ba ! Je te souhaite le bon matin.
La marraine n'a pas fini de s'habiller
et sort de la case vêtue d'un sous-boubou blanc.
Elle sent bon le parfum haoussa
et sourit de ses belles dents blanches.

– Bienvenue, mon garçon !
Tu sais honorer ta marraine
par de bonnes paroles.
Pendant que tu rempliras mes jarres,
j'irai faire une course.
Elle enfile ses sandales et s'éloigne.
Épaminondas va sept fois au puits.
Ensuite, il entre dans la case, boit,
mange et attend le retour
de sa marraine.

Il grille de curiosité.
Il écoute les bruits du village :
coups de pilon, voix qui rient et bavardent,
bêlements de chèvres et soudain
un aboiement plaintif, tout proche.
Alors Marraine Ba apparaît,
tenant un petit chien blanc dans ses bras.
– C'est pour toi, dit-elle.
– Merci, merci ! s'exclame Épaminondas,
je te dis cent fois merci.
– Tu feras attention à ne pas le fatiguer
pendant le voyage du retour.
– Sois tranquille.

Dès que le village a disparu derrière les arbres,
Épaminondas cueille une grande feuille de bananier
dans laquelle il enveloppe le petit chien.
Il attache soigneusement le paquet avec des lianes
et délicatement le trempe dans l'eau
de la première mare rencontrée.
Le petit chien boit la tasse, s'étouffe,
hoquette, tremblote, son poil est trempé,
sa queue pendouille tristement
et ses yeux sont gonflés et rougis.

– Épaminondas, que m'apportes-tu là ?
demande sa mère.
– C'est un petit chien que m'a donné Marraine Ba.
– Épaminondas, Épaminondas !
Qu'as-tu fait du bon sens
que je t'avais donné à la naissance ?
Pour ramener un petit chien, tu le poses par terre,
tu prends une longue corde,
tu attaches un bout de la corde au cou du chien
et tu tires avec l'autre bout… comme ça.
As-tu bien compris ?
– Oui, maman.

Une semaine plus tard, le vent balaie la plaine.
Quand Épaminondas arrive
devant la case de sa marraine,
son corps et son visage sont gris de poussière.
– Mon garçon, n'apporte pas dans ma case
la poussière de la brousse.
Avant de remplir la première jarre,
tu te verseras un seau d'eau sur la tête.

Après la sieste, Marraine Ba
lui donne de belles galettes.
– Fais bien attention à ce pain
qui est encore tout chaud,
tout doré, tout croustillant.

Dès qu'il rejoint la brousse,
Épaminondas pose les galettes par terre,
saisit une liane qui pend à un palmier,
l'attache d'un côté aux galettes
et de l'autre la serre dans sa main en tirant…, comme ça.
Et les galettes traînent dans la poussière,
se fendillent, s'écornent, s'émiettent,
et deviennent une petite boule sale au bout de la liane.

En voyant arriver son fils,
la mère écarquille les yeux et s'exclame :
– Épaminondas, que m'apportes-tu là ?
– Du pain tout doré, tout croustillant
que m'a donné ma marraine.
– Épaminondas, tu n'as pas de bon sens
et tu n'en auras jamais ! Dorénavant
j'irai remplir les jarres chez ta marraine.

La semaine suivante,
pendant que le coq chante le lever du jour,
Épaminondas reste couché sur sa natte,
la tête à moitié cachée sous sa couverture.
D'un œil il regarde sa mère qui pose
un grand voile sur sa tête et enfile ses sandales.
Elle se dirige vers le four, en sort six pâtés
qu'elle dépose sur le pas de la porte.

Avant de partir, elle se retourne
et explique à son fils :
– Je mets les pâtés ici à refroidir.
Aussi, quand tu sortiras,
tu feras bien attention en passant dessus.
As-tu bien compris ?

Lorsque sa mère a disparu,
Épaminondas se lève, attache son pagne et se dit :
« Je vais être très obéissant
et faire bien attention en passant sur les pâtés. »
Avec une extrême attention,
Épaminondas pose fermement
un pied, puis l'autre, sur chaque pâté.
Lorsque sa mère découvre les six pâtés
soigneusement écrasés
sur le seuil de la case,
sa main alors se remplit de gifles.

Épaminondas ouvre
de grands yeux effrayés.

Au crépuscule,
Épaminondas met dans son sac
quelques coquillages,
s'éloigne de la case
et marche longtemps dans la brousse
à la lumière des étoiles.
Arrivé au sommet d'une colline,
il s'incline devant un vieux sorcier,
assis sous un fromager.

– Sois le bienvenu, dit le sorcier.
Qu'est-ce qui t'amène au milieu de la nuit ?
– Je viens te demander la parole qui dit la vérité
et t'offre ces coquillages pour faire un collier.
– Que veux-tu savoir ?
– Je veux savoir pourquoi,
alors que je suis toujours très obéissant,
je me fais toujours gronder par ma mère.
Et il raconte ses dernières aventures.
Lorsque le sorcier eut entendu les malheurs d'Épaminondas,
sa bouche se remplit de rires.
– Qu'as-tu dans la caboche, mon garçon ?
À quoi te sert d'avoir des yeux sur le devant de la figure
si tu ne sais pas utiliser ton bon sens ?
Le rusé renard revient-il dans le poulailler
dont il a déjà mangé les poules ?

Et comme Épaminondas
le dévisage d'un air stupéfait,
il ajoute :
– Ne cherche plus à obéir sans réfléchir.
C'est à chacun de trouver comment il doit agir.
Maintenant va en paix,
le cœur tranquille et l'esprit éveillé.